AF396198

INVENTAIRE
Ye 28·179

HEURES

DE TRISTESSE

VERS ET PROSE

PAR

LOUIS MORIN PONS

Sunt lacrymæ rerum...

A LYON

IMPRIMERIE LOUIS PERRIN

Rue d'Amboise, 6

1867

HEURES DE TRISTESSE

Ye

28179

Tiré à 351

1 Exemplaire sur peau vélin.
50   Id.   sur papier de Hollande.
300   id.   sur vélin teinté.

Tous les exemplaires sont numérotés à la main de 1 à 351

N°

HEURES

DE TRISTESSE

VERS ET PROSE

PAR

LOUIS MORIN PONS

Sunt lacrymæ rerum...

A LYON

IMPRIMERIE LOUIS PERRIN

Rue d'Amboise, 6

—

1867

A MON AMI

LE MARQUIS HENRI DE LA GARDE

*Je ne sais où va mon chemin,
Mais je marche mieux quand ma main
Serre la tienne.*

A. DE MUSSET.

SONNETS

SONNETS

I

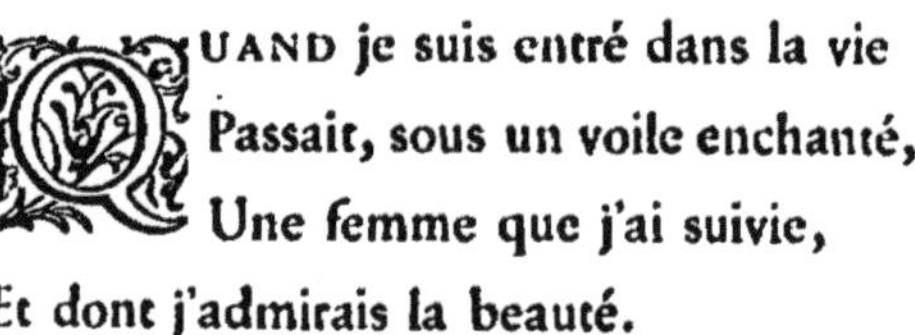

UAND je suis entré dans la vie
Passait, sous un voile enchanté,
Une femme que j'ai suivie,
Et dont j'admirais la beauté.

Mais plus tard cette ombre chérie,
Venant s'asseoir à mon côté,
Etait maigre, triste et flétrie :
Elle s'appelait VÉRITÉ !

Toi qui passais, forme idéale,
Illusion, beauté fatale,
C'est toi que j'aime, et tu me fuis !

Et toi, Vérité moins sévère,
Toi qui te donnes tout entière,
Je veux t'aimer et je ne puis !

II

Il est des jours bénis de sève et de jeunesse,
Où l'homme heureux de vivre et pressé de jouir,
Craint que le temps ne manque aux rêves qu'il caresse,
Et trouve qu'une vie est peu pour son désir !

Mais la Réalité qui succède à l'Ivresse,
Voit s'enfuir le Bonheur sur l'aile du Plaisir ;
Et, dans les jours sans fin de deuil et de tristesse,
La mort même parfois semble lente à venir.

Assez et trop longtemps nous cueillons la souffrance,
Sur cet ingrat sillon qu'arrose l'Espérance,
Où tombent nos amours, nos fleurs et nos printemps !

Et, voyant s'effacer les plus doux de nos songes,
Nous sentons que la vie est pleine de mensonges,
Et que c'est le Bonheur qui manque, et non le Temps.

III

A MADAME DE***

Depuis que j'ai souffert un dur et long martyre,
Je m'étais bien promis de ne jamais aimer ;
Et, détournant les yeux de tout ce qui m'attire,
Je laissais mon chagrin doucement se calmer.

Car je sais ce qu'il faut de pleurs pour un sourire,
Je sais qu'une blessure est lente à se fermer ;
Et pour ce mal profond, qui brûle et qui déchire,
L'Espérance en mon cœur est lasse de semer !

Mais, le soir, près de vous, quand les mêmes pensées
Font battre aux mêmes vers nos deux âmes bercées
Et que vos longs regards se lèvent sur le mien ;

Tout le passé s'oublie à ce charme suprême,
Et, malgré mes serments, je sens que je vous aime,
Et que, peine ou plaisir, tout le reste n'est rien !

IV

Quand revient le printemps, jeunesse de l'année,
Pour fêter le soleil qui sèche tous ses pleurs,
La nature d'amour et d'espoir couronnée,
Pour les mettre à son front prend ses plus belles fleurs;

Et, comme un jeune époux, le soir de l'hyménée,
Fier de la féconder par ses tendres ardeurs,
Le soleil à la nuit dispute la journée,
Et prolonge les jours qu'il a rendus meilleurs !

Tel n'est pas le Bonheur au printemps de la vie :
Nous lui gardons en vain dans notre âme ravie
Nos plus douces chansons, nos plus tendres amours;

Plus nous l'avons fêté, plus rapide il s'efface ;
Il abrège les jours dont il marque la trace,
Et ce sont les plus beaux qu'il nous fait les plus courts !

V

A MADAME DE L***

A propos d'un Album où elle avait peint des fleurs.

En regardant les fleurs que vos doigts font éclore,
Chacun vante à son tour votre pinceau charmant,
Et je ne voudrais pas vous répéter encore
Un éloge banal, un fade compliment ;

En tournant ces feuillets, je pense seulement
A de plus douces fleurs que le vulgaire ignore,
Et qui feraient pâlir les roses de l'Aurore
Annonçant le soleil dans le bleu firmament.

Tout bas je songe aux fleurs de votre âme si belle,
Répandant les parfums de leur sœur immortelle,
Et qui forment ensemble un bouquet enchanté ;

La charité du cœur, qui guérit et console,
Le charme de l'esprit inspirant la parole,
La flamme et la chaleur, la grâce et la bonté !

VI

Avez-vous vu parfois des flancs de la montagne
Bondir en flots d'écume un torrent furieux ?
Le désespoir le suit, la terreur l'accompagne,
Et qui le voit passer se recommande aux cieux.

Mais, sans prendre souci de sa pâle compagne,
Inflexible, il poursuit son cours impétueux ;
Il brise les rochers pour gagner la campagne
Qui, la-bas, lui prépare un lit majestueux.

Alors, il devient fleuve, et, par lui fécondée,
La terre boit ses eaux qui la font reverdir,
Et ceux qui l'ont maudit reviennent le bénir !

Ainsi, parfois au monde apparaît une Idée :
Avant de la comprendre, il est épouvanté,
Puis, chacun te salue, ó sainte Vérité !

VII

A UNE JEUNE FILLE

Je sais que la Fortune, ô jeune souveraine,
Voulant choisir pour vous ses plus heureux hasards,
A teint d'un noble sang l'azur de votre veine,
Et qu'on peut vous nommer la nièce des Césars!

Pour mettre à votre front la couronne de reine,
Je sais que le soleil de la terre des arts,
Effleurant vos cheveux de sa plus douce haleine,
Laissa dans leurs reflets tous ses rayons épars!

Ce n'est point cependant l'éclat du rang suprême,
Le prestige du nom, ce qui n'est pas vous-même,
Vain caprice du sort, qui m'éblouit en vous...

C'est devant votre cœur, devant l'âme immortelle
Que Dieu vous a donnée et si noble et si belle,
Que je sens mon cœur battre et fléchir mes genoux!

VIII

A LA MÊME

Après les jours d'hiver la nature glacée,
Au souffle du printemps, au soleil qui reluit,
Sent renaître en son sein la sève dispersée,
Et de ses longs brouillards se dissiper la nuit :

Ainsi, quand je vous vois, mon cœur s'épanouit!
Vous êtes le printemps de mon âme exaucée,
Et ma tristesse alors, par la joie effacée,
A vos premiers regards, soudain s'évanouit!

Puisque j'ai pu vous voir, ô noble jeune fille,
Répandant près de nous, au cercle de famille,
Ce charme qui me rend plus heureux et meilleur;

O vous, dont la présence efface toute peine,
O vous, dont le seul nom me fait battre le cœur,
Ne nous quittez jamais, ou que Dieu vous ramène!

IX

A LA MÊME

J'avais vu se lever, dans un songe rapide,
Un jour qui m'apportait comme un rayon des cieux :
Près de celle que j'aime, au bord d'un lac splendide,
Je vivais, j'espérais, je me sentais heureux !

Mais j'ai cru saisir l'onde, et ma main reste vide ;
Ce n'était pas pour moi, ce beau ciel radieux ;
Ce n'était pas pour moi, ce lac au flot limpide,
Qui le soir, un instant, nous a bercés tous deux !

Adieu, je dois partir, adieu, c'était un rêve,
Un rêve décevant, un beau rêve du cœur,
Qui m'a fait croire un jour au suprême bonheur !

Adieu ! je vais prier que pour vous il s'achève...
Qu'importe mon amour, et si j'en dois souffrir ?
Sans vous, rien ne m'est plus, et j'en voudrais mourir !

X

A L'ITALIE

Il est un sol aimé du ciel et du génie
Qui se chauffe aux rayons d'un soleil enchanté,
Où le peuple renaît de la mort à la vie,
En demandant son nom pour toute liberté !

Ce doux sol c'est le tien, triste et belle Italie,
Qui du mal d'avenir sens ton cœur tourmenté ;
Ce peuple, c'est le tien, noble race endormie,
Qui sent se réveiller son antique fierté !

Sois heureuse, sois libre enfin, féconde terre,
Qui laisses dans le cœur un si doux souvenir
Qu'on dit avec raison : *Te voir et puis mourir !*

Ton front de ses lauriers garde encor la poussière,
Ton passé va revivre et ton sang rajeunir....
Courage, l'heure sonne, et le jour va venir !

Villa d'Este, 19 juin 1861. (L'auteur, depuis ce temps, a perdu bien des illusions).

XI

Quand nous avons vingt ans, quand l'ardente jeunesse
Réchauffe à ses rayons nos cœurs épanouis,
Nous croyons posséder l'éternelle Richesse
Etalant ses trésors à nos yeux éblouis !

Un jour fatal arrive où l'Illusion cesse ;
Adieu tous les trésors qu'elle nous a promis !
La coupe est épuisée où nous buvions l'ivresse,
Et tous nos rêves d'or se sont évanouis !

Comme autrefois Pandore, au fond de notre verre
Nous cherchons l'Espérance, et le destin sévère,
En courbant notre front, nous montre le tombeau !

Mais, qui n'espère plus, peut se lasser de croire,
Et blasphémer le Dieu qui fait la nuit si noire
Pour succéder au jour si limpide et si beau !

XII

S'il est vrai que la mort ouvre une porte amie
A ceux qui vainement l'ont cherchée ici-bas,
Et leur rende à la fin l'éternelle patrie
Qui semblait s'éloigner à chacun de leurs pas ;

Comme autrefois Ulysse, au retour des combats,
Emporté par les flots d'une mer ennemie,
Pour avoir trop cherché son Ithaque chérie,
S'éveillant sur ses bords, ne la reconnut pas ;

Telle, aux yeux des élus, trop longtemps espérée,
Doit apparaître enfin la demeure sacrée
Que la Religion promet à la Vertu !

Quand on a trop souffert, le Ciel même est sans charmes,
Et le cœur, épuisé de fatigue et de larmes,
Ne veut plus d'un bonheur si longtemps attendu !

XIII

A PH. LOMBARD DE BUFFIÈRES
A propos d'une Invitation.

Puisque, pour un instant, l'amitié nous convie
A nous asseoir ensemble à ce joyeux festin,
Et puisque, dès ce soir, chacun, suivant sa vie,
Doit reprendre sa route et subir son destin ;

Ne laissons pas le temps qui déjà nous l'envie,
L'emporter tout entier ce jour sans lendemain,
Et ne l'oublions pas cette pensée amie
Qui nous a réunis l'espace d'un matin !

Vers les beaux jours passés quand notre âme penchée,
Comme on cherche en un livre une fleur desséchée,
Ira redemander quelque doux souvenir;

Rappelons-nous cette heure où nous étions ensemble !
Bien plus que le hasard, c'est Dieu qui nous rassemble,
Et le bonheur d'un jour peut ne jamais finir !

7 juillet 1863.

XIV

L'Espérance est pour l'homme une jeune maîtresse,
Habile à le charmer, savante en ses détours,
Qui fait aimer la vie au temps de la Jeunesse,
Et d'un rayon béni réchauffe les vieux jours !

Elle a beau nous jouer et nous trahir sans cesse,
Rien ne peut lui ravir nos vœux et nos amours ;
Sûre de sa puissance et de notre faiblesse,
Elle n'a qu'à paraître, et nous l'aimons toujours !

Lorsque nous écoutons ses promesses trompeuses,
Nous nous sentons portés sur des ailes joyeuses,
Et le passé s'efface et l'oubli vient au cœur !

C'est de l'Humanité la triste destinée :
Par une loi cruelle à souffrir condamnée,
Un mensonge la charme et lui rend le bonheur !

XV

Je voudrais revenir aux jours de mon enfance,
Je voudrais retrouver la douce paix du cœur :
Je l'ai cherchée en vain dans l'univers immense,
Et le Doute m'étreint de son rire moqueur !

Je ne peux plus chanter la joie et l'Espérance,
Je ne peux plus chanter l'amour et le Bonheur ;
Hélas ! j'ai voulu mordre à l'arbre de Science,
Et de ses fruits amers j'ai gardé la saveur !

. . . .

Je veux mettre à ma lyre un crêpe funéraire,
Je veux et pour toujours dire aux biens de la terre
Pour mon hymne suprême un éternel adieu !

Tout mon être, altéré des choses immortelles,
Comme un oiseau des cieux voudrait avoir des ailes,
Et demande la Foi pour s'élever à Dieu !

RÊVES D'ANTAN

Mais où sont les neiges d'antan?...

RÊVES D'ANTAN

I

A B***

N'AVEZ-VOUS pas vu danser au théâtre
Une jeune fille aux charmants contours?
Eh ! bien, cette enfant qui paraît folâtre,
Garde au fond du cœur de tendres amours.

Qui croira jamais qu'une ballerine
Puisse avoir dans l'âme un amour profond ;
Pourtant, cet amour bat sous sa poitrine
Comme la beauté brille sur son front !

Ainsi que Mignon, pleurant sa patrie,
Son œil est parfois voilé de langueur,
Mais, dans son regard, le ciel d'Italie
A de ses rayons fait passer l'ardeur

Elle n'a souci que d'un être au monde
Et vaut à ses yeux plus qu'aucun trésor ;
Car Crésus lui-même, avec tout son or,
Ne pourrait toucher à sa jambe ronde !

Le plus beau présent, offert à genoux,
A tenter son cœur ne saurait prétendre ;
Elle a répondu : « Gardez vos bijoux,
« A qui donne tout, rien ne reste à vendre ! »

II

A MADAME DE C***

Elevée auprès de votre beau lac,
Comment donc pouvait l'auteur de Corinne,
Préférant à tout son ruisseau du Bac,
Quitter sans regrets sa douce colline ?

Moi qui ne l'ai vu que deux ou trois jours
Ce charmant pays où le cœur s'épure,
Je rêvais déjà d'y rester toujours
Et de m'abreuver à cette onde pure ;

Et ma rêverie allait jusqu'au ciel
Quand mon œil suivait l'aigle au vol sublime,
Et je contemplais l'azur éternel,
Comme lui sans crainte au bord de l'abîme !

Je me suis senti devenir meilleur
Quand j'ai respiré l'air de vos montagnes,
Et j'ai vu s'asseoir l'ange du Bonheur
Au foyer béni des vertes campagnes !

Cette eau transparente et ces blancs sommets
Dont la vue ainsi pénètre mon âme,
En les admirant c'est vous que j'aimais,
Comment les pourrais-je oublier, Madame ?

III

A UNE FEMME

Est-il donc vrai qu'en cette vie
Toute chose passe à son tour,
Est-il donc vrai que tout s'oublie,
Tout au monde, et même l'Amour?

Est-ce bien vrai que la Souffrance
S'efface comme le plaisir?
Est-ce bien vrai que l'Espérance
Change sans cesse de désir;

Que le cœur manque à sa parole,
Que le temps peut tout apaiser,
Et que, plus tard, on se console
D'un soupir avec un baiser ?...

. . . .

Si telle est notre destinée,
S'il me fallait dans l'avenir
Comme tombe une fleur fanée,
Voir mon amour s'évanouir ;

Puisse au ciel ta douce pensée,
Amour tendre et mystérieux,
Ainsi qu'une ombre délaissée
Renaître en mon cœur oublieux ;

Et dans la demeure éternelle
D'où l'on ne doit plus revenir,
Puisse alors mon âme immortelle
Te pleurer et se souvenir !

IV

A LA MÊME

J'aime, et, loin de celle que j'aime,
Pour moi le jour succède au jour :
Je souffre et ma souffrance même
Ne fait qu'augmenter mon amour !

C'est le Destin qui nous sépare,
C'est un sort cruel et jaloux
Qui du bonheur se montre avare
A ceux qui s'aiment comme nous !

Que t'ai-je fait ma bien aimée,
Et pourquoi ne reviens-tu pas
Rassurer mon âme alarmée,
M'ouvrir ton cœur, m'ouvrir tes bras ;

Me rendre la foi qui console
Et l'espérance des beaux jours ?
Car, loin de toi, je me désole,
Et je voudrais te voir toujours !

J'ai tant de choses à te dire,
Ce sera si bon de causer,
Toi, m'encourageant d'un sourire,
Moi, t'interrompant d'un baiser !

Tu verras que rien dans ce monde
Ne vaut le bonheur d'être aimé,
Et qu'à ce soleil qui l'inonde,
S'épanouit le cœur fermé !

. . . .

Et tu me rediras encore
Ce que tu m'as dit tant de fois,

Et le chagrin qui me dévore,
Va s'évanouir à ta voix !

Et nous referons ce beau rêve
Qu'il est si doux de faire à deux,
Et nous prîrons pour qu'il s'achève
Notre bon ange dans les cieux !

. . . .

Mais, hélas ! j'entends sonner l'heure
Et je ne l'entends pas venir....
O mon Dieu, faites que je meure,
Si je dois cesser de souffrir !

V

A LA MÊME

Il est des morts chéris qu'on suit au cimetière
Près desquels il est doux de s'asseoir sur la pierre
        Pour y verser des pleurs ;
Et qui, retombant seuls dans la nuit éternelle,
Laissent près de leur ombre une douleur fidèle
        Qui veille dans nos cœurs !

Tel n'est pas un amour, mystérieuse histoire,
Que je veux à jamais chasser de ma mémoire,
        Sans regrets superflus !
L'indifférence au vent dispersera sa cendre,
Et, dans mon triste cœur, quand je voudrai descendre,
        Je ne l'y verrai plus !

Sombre et fatal amour, qu'une amante infidèle
M'avait juré sans fin, à la saison nouvelle,
    Et si tendre et si beau ;
Si dans son cœur ingrat tu tombes en poussière
Je ne te suivrai point de ma douleur trop fière
    Dans l'oubli du tombeau !

Tu n'es pas de ces morts qui valent qu'on les pleure,
Dont on va visiter la dernière demeure,
    Pour qui l'on va prier !
La main qui m'a frappé, ferme aussi ma blessure,
Et le jour où j'ai vu ma maîtresse parjure,
    Me l'a fait oublier.

Elle peut près de moi passer sur cette terre,
D'un œil indifférent ainsi qu'une étrangère,
    Je la verrai venir !
Sans trouble à son aspect, sans bonheur à sa vue,
Telle m'apparaîtrait une femme inconnue,
    Sans même un souvenir !

Je ne reconnaîtrai ni sa voix ni ses charmes,
Et, quand elle viendrait à moi les yeux en larmes,

En me tendant la main,
Je lui dirais encor : « j'aimais une autre femme,
Et, pour lui ressembler, ce n'est pas vous, Madame,
Suivez votre chemin !

Si vous ne m'aimez plus, je vous ai trop aimée
Pour vouloir remplacer la flamme consumée
Par la froide amitié !
Je perds, en vous perdant, ma plus chère espérance,
Mais, je n'ai pas besoin, pour subir ma souffrance,
D'un semblant de pitié ! »

. . . .

Plus tard, trop tard hélas ! quand parfois ma pensée
Viendra te rappeler notre histoire passée,
Peut-être, quelque jour,
Sentiras-tu le froid de la glace et de l'ombre,
Et regretteras-tu dans ton cœur triste et sombre,
La chaleur de l'amour !

VI

A MON FRÈRE

A propos de son mariage.

Avez-vous parfois, suivant l'Idéal
Aux siècles pieux d'un temps poétique,
Vu passer un ange au front virginal
Sur le seuil béni d'un porche gothique ?

Et, comme aurait fait un preux chevalier,
Avez-vous senti votre âme ravie
A la blonde enfant qui s'en va prier,
Consacrer l'amour de toute une vie ?

Chaste cœur où luit la foi de son Dieu!
Rien n'a jamais pu ternir sa pensée,
Et dans son regard, plus pur qu'un ciel bleu,
L'image du mal n'est jamais passée !

Frère, n'est-ce pas un rêve divin
Qui nous laisse voir une noble fille,
Avec son missel relié d'or fin,
Traverser la nef où le soleil brille ?

C'est ainsi que Faust encor blasphémant
A senti son cœur que le doute irrite,
Se fondre aux rayons d'un pur firmament
Lorsque près de lui passa Marguerite...

Cher frère, pour toi, qui n'as point douté,
La vierge du rêve, image chérie,
Dieu l'a transformée en réalité,
Du jour qu'à tes yeux apparut Marie.

VII

A UNE JEUNE FILLE.

Il était à Venise une perle si rare
Que l'or du Rialto n'en put payer le prix,
Et qu'en vain le plongeur, de l'Océan avare,
Pour en trouver une autre, eût sondé les replis.

Celui qui possédait cette unique merveille,
Plutôt que de la vendre et que de l'avilir,
Comprenant bien qu'au monde elle était sans pareille,
Dans le sein de la mer aima mieux l'engloutir !

44

Votre cœur est semblable à la perle divine :
Des amours d'ici-bas mesurant la valeur,
Vous le brisez plutôt sous sa blanche poitrine
Que de laisser fléchir sa superbe rigueur !

VIII

A LA MÊME

Qui avait donné sa photographie à l'auteur.

Quand vous m'avez promis cette image chérie,
Quand j'ai reçu de vous ce portrait souhaité,
J'ai compris dans votre âme une pensée amie,
Et, le cœur pénétré d'une joie infinie,
De vous remercier vainement j'ai tenté !

Mieux je l'avais senti, moins bien j'ai pu le dire
Combien il m'était doux de me voir deviner,

De voir que dans les miens vos yeux avaient su lire,
Comme sans demander quelquefois on désire,
Et combien on bénit ceux qui savent donner !

Lorsque, rentré chez moi, sans témoins, sans contrainte,
J'ai pu le contempler ce tendre souvenir,
Je vous parlais sans peur, vous m'écoutiez sans plainte,
Et, de vous offenser ayant perdu la crainte,
Tout mon cœur qui déborde, enfin a pu s'ouvrir !

Je sentais dans mes yeux passer ma vie entière,
Et, devant ce portrait, témoin de mon amour,
J'espérais que le ciel exauçant ma prière,
Comme Pygmalion son beau rêve de pierre,
Je pourrais un instant l'animer à mon tour !

Mais, si l'artiste grec, implorant Galathée,
La sentit tout à coup vivante dans ses bras,
Celle que j'invoquais, ne fut jamais tentée,
Et j'ai bientôt compris que l'image enchantée
Souriait d'un amour qui ne lui suffit pas !

Qu'importe! chaque jour, sans but, sans espérance,
Je veux te contempler, image du bonheur!
Ta vue adoucira le chagrin de l'absence,
Je verrai sa beauté, j'entendrai ton silence,
Et, toujours sous mes yeux, tu vivras dans mon cœur!

IX

SOUVENIR

A la même.

Je marchais tristement dans l'univers immense,
Autour de moi cherchant à qui serrer la main ;
Depuis longtemps déjà la trompeuse Espérance
M'avait laissé tout seul au milieu du chemin !

Je retrouve aujourd'hui la jeunesse et la vie,
Et l'espoir des beaux jours que je croyais perdus,
Et je sens dans mon cœur la sainte Poésie
Fêtant tous les trésors qui m'ont été rendus !

Comment donc ai-je pu, dans un instant suprême,
Les ressaisir encor ces biens que je pleurais ?
Vous m'avez seulement dit trois mots : « je vous aime ! »
O vous qui le savez, ne l'oubliez jamais !

Des tendresses sans fin vont amasser leurs ondes
Dans le fond de ce cœur qui renaît en un jour :
Frappez, ma bien aimée, à ces sources profondes,
Vous en ferez jaillir un éternel amour !

. . . .

Pour moi, je garderai la mémoire adorée
De cette heure du ciel où j'aurais dû mourir ;
Et, lorsque reviendra cette date sacrée,
J'irai m'agenouiller devant mon souvenir !

Je saurai retrouver dans le bois solitaire,
Sur le sentier muet la trace de nos pas,
Et je reconnaîtrai dans l'ombre et le mystère
Les témoins d'un bonheur qui ne s'efface pas !

Et même, après la mort, mon âme consolée,
Fidèle au souvenir du plus beau de ses jours,
Sans cesse reviendra vers cette sombre allée,
Pour y trouver votre âme, ou l'y chercher toujours!

X

A LA MÊME

Quand je dormirai là-bas, sous la terre,
Quand j'aurai bien froid au fond du tombeau,
Lorsque vous viendrez pleurer sur ma pierre
Notre pauvre amour si triste et si beau ;

Vous voudrez en vain, ô ma bien aimée,
Rappeler le temps qui ne revient plus :
Pour rouvrir la tombe à peine fermée,
Larmes et regrets seront superflus !

Dieu restera sourd à votre prière,
Je ne pourrai plus aller près de vous,
Mes yeux à jamais privés de lumière
Ne reverront plus vos yeux bleus si doux !

Je n'entendrai plus votre voix si chère
Pleurer notre amour si triste et si beau ;
Je dormirai seul là-bas, sous la terre,
Et j'aurai bien froid au fond du tombeau !

XI

A MADEMOISELLE D'A***

Le sang des chevaliers coule dans votre veine,
Et vous légua l'honneur des grands siècles passés :
Je vous en juge digne et vous connais à peine,
Mais, je sais qui vous aime, et, pour moi, c'est assez !

Daigne cette amitié par sa grâce infinie,
Faire agréer ces vers d'un auteur sans renom,
Et moi, puissé-je un jour vous avoir pour amie,
Vous dont je sais le cœur plus noble que le nom !

19 mai 1864.

SUNT LACRYMAE RERUM

SUNT LACRIMAE RERUM

I

L'HIVER était passé, le printemps de retour
Chantait aux jeunes cœurs son éternel amour ;
Les oiseaux bâtissaient leur nid sous la feuillée,
Le soleil réchauffait la nature éveillée,
Et l'homme autour de lui voyant tout refleurir,
Ne se souvenait plus qu'il est né pour souffrir !

Seuls avec leur bonheur, dans l'univers immense,
Les amoureux cherchaient et l'ombre et le silence,
Et venaient répéter dans le fond des grands bois
Ces beaux serments d'un jour de n'aimer qu'une fois !

Dans la nature entière interrogeant la vie,
Le poète en son cœur suivait sa rêverie,
Ecoutant les oiseaux et regardant les fleurs,
Admirant le matin dans la rosée en pleurs,
Et toujours et partout cherchant le grand mystère
Qui lie avec le ciel les choses de la terre !

Il songeait qu'ici-bas tout passe tour-à-tour,
Et les fleurs du printemps et la joie et l'amour,
Qu'on voit tomber la feuille au souffle de l'automne,
Que ce n'est pas toujours le semeur qui moissonne...
Et, parmi tant de voix qui chantaient le bonheur,
Il entendait gémir des accents de douleur !

II

Lorsque j'étais enfant, j'avais peur des orages,
Du tonnerre qui gronde à l'horizon de feu,
Et, quand le ciel au loin se chargeait de nuages,
Je croyais voir grandir la colère de Dieu !

Je m'en allais, tremblant, dans le coin le plus sombre,
Fuyant, les yeux fermés, la lueur de l'éclair,
Et, j'attendais ainsi, longtemps blotti dans l'ombre,
Que, l'orage passé, le temps redevînt clair.

Alors, quand le soleil, perçant la nue obscure,
Transformait sur les fleurs la pluie en diamant.
Je courais tout joyeux retrouver la nature
Rafraîchie à son tour comme le firmament!

. . . .

Hélas! depuis ce temps j'ai vu d'autres tempêtes
Que celles dont, enfant, le bruit me faisait peur,
Et, plus haut que la foudre en grondant sur nos têtes,
J'ai vu les passions éclater dans le cœur!

Notre âme sent alors la foi qui l'abandonne,
Et, moins noire est la nuit d'orage à l'horizon,
Et l'arbre des forêts qui s'ébranle et frissonne,
Moins terrible a reçu le choc de l'aquilon!

. . . .

Mais, parfois, au milieu de la tourmente amère,
Brille un rayon divin qui ramène le jour,
Et c'est comme un soleil à la chaude lumière,
C'est le soleil de l'âme et du cœur, c'est l'amour!

Heureux qui voit surgir, au moment du naufrage,
Ce phare bienfaisant, cet astre radieux,
Et peut, sur son amour appuyant son courage,
Oublier la tempête en revoyant les cieux !

III

Il est des heures de tristesse
Où rien n'apaise notre ennui,
Où nulle coupe n'a d'ivresse,
Où rien ne brille dans la nuit !

Et nous nous lassons de l'attente,
Et nous crions à toi, Seigneur :
« Pour calmer cette soif ardente,
Où donc as-tu mis le Bonheur? »

Est-il dans ces rêves de l'âme
Qui font entrevoir l'infini ;
Est-il dans l'amour d'une femme,
Est-il dans la foi d'un ami ?

L'as-tu placé dans la richesse
Ou dans la fière pauvreté,
Dans la folie ou la sagesse,
Dans la gloire ou l'obscurité ?

Est-il dans le travail austère
De celui qui gagne son pain ;
Est-il dans le cloître sévère
A prier jusqu'au lendemain ?..

Hélas ! dans la foi, la prière,
Partout j'ai cherché tour à tour,
Et j'ai vu douleur et misère,
Et des pleurs, même dans l'amour !

Ainsi, dans son âme inquiète
L'homme gémit désespéré ;

Mais du ciel la voix est muette,
Et le cœur sans cesse altéré !...

Ces mauvais jours sans espérance,
S'ils devaient pour moi revenir,
Et que dans l'humaine souffrance
Il me fût donné de choisir,

C'est d'un mal poignant et suprême
Que je voudrais encor souffrir,
Du mal qu'on ressent quand on aime
Dont il faut vivre et puis mourir !

IV

Quand le Poète souffre et qu'il le dit au monde,
Qu'il répand en sanglots son cœur crucifié,
On sourit de ses pleurs et sa peine profonde
Eveille à peine en nous un semblant de pitié.

Ce n'est pas cependant, comme on paraît le croire,
Une vaine douleur qu'il endure ici-bas :
Son idéal, son rêve est plus beau que la gloire,
Et, s'il souffre toujours, c'est qu'il ne l'atteint pas !

Vous seuls pouvez le plaindre et bénir sa souffrance,
Et lui tendre la main, au lieu de le blâmer,
Vous qui savez que l'homme, en sa triste science,
N'a pu trouver encor d'autre bien que d'aimer !

. . . .

Lorsqu'un amant privé de son unique amie,
Sent son cœur se gonfler de tristesse et d'ennui,
Et qu'il l'appelle en vain, et qu'il doute et qu'il prie,
Et n'a souci de rien s'il ne l'a près de lui ;

Vous qui savez son mal, dites s'il est sur terre
Une douleur plus vraie, une plus lourde croix ;
Et si, pour la porter jusqu'en haut du calvaire,
On ne croit en chemin succomber bien des fois !

Eh ! bien, ils ont au cœur une semblable peine,
Ceux qui rêvent le beau, ceux qui cherchent l'amour...
Mais l'absence finit, l'attente n'est pas vaine,
Voici la nuit qui passe, Amis, voici le jour !

Laissons donc les ingrats, dans leur joie insensée,
Rire de ce qui pleure et douter de ce mal ;
Et, gardant nos douleurs dans notre âme blessée,
Levons les yeux au ciel où plane l'Idéal !

V

· Je n'ai plus vingt ans, huit ou dix années
Ont vieilli mon cœur prompt à s'enflammer,
De mon beau printemps les fleurs sont fanées,
Je sais ce qu'il faut souffrir pour aimer !

Je sais que la vie est chose sévère,
Que chacun subit la réalité,
Que toujours la lie est au fond du verre,
Comme la tristesse après la gaîté.

Hélas! que de fois laissant le rivage
Pour livrer ma rame aux flots agités,
J'ai vu mon esquif battu par l'orage,
Sans jamais atteindre aux bords enchantés!

J'ai peur maintenant de la mer immense,
Je suis sans courage en face du sort :
Où donc souffles-tu, vent de l'Espérance
Qui gonflais ma voile en quittant le port?

Qui vous a changés en aride grève
O rive fleurie, ô tendres gazons?
Qu'es-tu devenu, beau pays du rêve,
Qui donc m'a voilé tes purs horizons?

. . . .

. . . .

Puisqu'on voit ainsi passer la jeunesse,
Puisqu'on voit pâlir le plus beau soleil,
Puisque la douleur succède à l'ivresse,
Puisqu'après le songe on a le réveil ;

O mon cœur, dis-moi si la Destinée,
Malgré tous ses maux, est encore un bien,
Si de tant de fleurs la vingtième année,
Quand elle s'en va, ne nous laisse rien ?

VI

Puisqu'il faut ici-bas qu'en poursuivant son rêve
Triste et beau,
L'homme toujours attende, hélas! pour qu'il s'achève,
Le tombeau,

Puisque ce peu de bien, qu'on désire et qu'on pleure,
Doit finir,
Il faut en profiter jusqu'au jour où vient l'heure
De mourir!

Il faut jeter au vent sa jeunesse et sa vie,
          Sans compter,
Et surtout ne jamais au bonheur qu'on envie
          Résister !

Il faut, quand on le peut, boire à la coupe ardente
          Du Plaisir,
Et, quand l'occasion joyeuse se présente,
          La saisir !

Car, bien vite, après tout, passe de la folie
          La saison ;
Et, c'est triste, ici-bas, d'avoir pour seule amie
          La Raison !

Il vaut mieux rencontrer femme jolie et tendre
          En chemin,
Et, dans sa douce ivresse, être heureux, sans prétendre
          A demain !

Et, si le vrai bonheur réserve son mystère
          Pour le ciel,

Ne pas vouloir toujours le trouver sur la terre
Eternel !

Aimons ! qui peut savoir si l'ombre où tout repose
Quelque jour,
Nous garde seulement une aussi douce chose
Que l'amour !

SOUVENIRS DE L'ALLEMAND

SOUVENIRS DE L'ALLEMAND

I

DANS un pays glacé, sur un sommet du Nord,
Un sapin isolé dresse sa cime altière...
Autour de lui partout, c'est l'hiver, c'est la mort;
Et, contemplant le deuil de la nature entière,
Sous son manteau de neige un moment il s'endort!

Il rêve d'un palmier, comme lui solitaire,
Qui se brûle au soleil à l'Orient serein,
Qui des vents embrasés respire la poussière,

Et, cherchant un nuage à l'horizon lointain,
Vainement chaque soir demande pour la terre
Une larme du ciel plus pur chaque matin !

ENVOI. — A ***

Tout l'hiver, loin de vous, sans foi, sans espérance,
Comme l'arbre isolé, je rêvais tristement...
. . . .
Du désert au glacier l'aigle sait la distance,
Et seul, loin du sapin, le palmier se balance :
L'abîme est entre nous plus profond et plus grand !

II

ELLES

Elles m'ont bien souvent, bien longtemps fait souffrir,
Elles ont sans pitié brisé mon âme en peine,
Elles m'ont fait pâlir, elles m'ont fait rougir,
L'une avec son amour et l'autre avec sa haine !

Leur poison s'est glissé dans ma coupe encor pleine,
Elles ont altéré mon pain et mon plaisir,
Elles m'ont fait porter une éternelle chaîne,
L'une avec son amour et l'autre avec sa haine !

Pourtant celle qui m'a causé le plus de peine,
Celle que j'aime encor, quand j'en devrais mourir,
Dont jusqu'au dernier jour je porterai la chaîne,
Fut pour moi sans amour, comme elle fut sans haine !

III

Les roses de l'été brillent sur ton visage,
L'hiver, le froid hiver fait sommeiller ton cœur...

Un jour, ma bien-aimée, ô décevant mirage !
Tu sentiras l'hiver pâlir ta joue en fleur,
Les neiges sur ton front tomberont avec l'âge,

Et de l'été brûlant ton âme aura l'ardeur !

IV

Aus

Dans mon ciel toujours noir plane sur chaque joie
L'implacable vautour,
Menaçant, l'œil fixé, comme sur une proie,
Sur mon bonheur d'un jour !

Hélas ! j'ai vainement cherché parmi les hommes
Tout ce que j'ai perdu ;
Rien de ce que j'aimais sur la terre où nous sommes,
Ne doit m'être rendu !

6

Noir abîme où ne peut regarder sans vertige
    Le pauvre cœur humain,
La mort m'a dérobé jusqu'au dernier vestige
    D'un jour sans lendemain!

Le torrent reste sourd à la plainte de l'onde
    Et la laisse frémir;
Et l'inflexible loi qui gouverne le monde,
    Ne l'entend pas gémir!

Le soleil peut jeter sur les flots en écume
    Tout l'or de ses rayons;
Je ne livrerai plus ma barque, dans la brume,
    Aux sombres aquilons!

Plus amers que les flots qui balayent la grève,
    J'ai senti que mes pleurs
Jetaient, comme un linceul, sur mon dernier beau rêve
    Leur voile de douleurs;

Et, coulant de mes yeux, source fatale et sombre,
    Ils en ont effacé
Ce pâle et doux fantôme, encor flottant dans l'ombre,
    Qui dort dans le passé!

V

LES LARMES

Confidentes de l'âme et fidèles amies,
Qui gardez à la peine un adoucissement,
O Larmes, c'est à vous, ô mes larmes chéries,
Que j'adresse ce chant!

Oui, lorsque j'étais las d'étouffer ma souffrance,
Vous paraissiez tout bas écouter ma douleur,
Et sur votre sillon vous tombiez en silence,
En dégonflant mon cœur!

Quand la main du Malheur, entrouvrant ma poitrine,
Retournait le poignard dans mon sein irrité,
Mon désespoir amer, par votre onde divine,
    S'écoulait emporté !

Oh ! restez à celui que menace l'orage,
Venez au malheureux qui succombe ici-bas,
De la paix à son âme apportez le message,
    Ne l'abandonnez pas !

Et quand l'affreuse nuit aura plié ses ailes,
Quand pour lui renaîtra l'espoir de jours meilleurs,
Que leur aube à ses yeux vous retrouve fidèles
    Comme seraient des sœurs !

Et la Mélancolie, ainsi qu'une rosée,
Vous fera resplendir aux doux rayons du ciel,
Et l'âme renaîtra, doucement arrosée,
    A l'espoir éternel !

Soit que le noir chagrin au cœur creuse sa trace,
Soit que parfois la joie y règne pour un jour,

Pour le Malheur qui reste ou le Bonheur qui passe,
        Vous coulez tour à tour !

Et, dans ces courts moments qui font aimer la vie,
Où le ciel est sans voile et l'horizon serein,
Quand on croit posséder tous les biens qu'on envie,
        Quand le cœur est si plein ;

Alors on voit aussi s'éclairer le visage
Des larmes que la joie y verse avec douceur,
Comme pour convier l'univers au partage
        D'un instant de bonheur !

Un jour que je priais près du lit d'agonie
D'un ami que mon cœur chérissait entre tous,
Comme la froide Mort l'arrachait à la vie,
        A nos liens si doux,

Mes pleurs furent pour lui le sacrement suprême,
Et, pendant qu'il dormait calme et silencieux,
Je vis encor briller sur son visage blême
        Une larme à ses yeux ;

Et de ce pur cristal partaient de saintes flammes
Qui montrèrent le ciel aux regrets de mon cœur,
Comme l'ange trouvé par les pieuses femmes
Au tombeau du Sauveur !

VI

LE CHEVALIER DE TOGGENBOURG

« Chevalier, j'ai pour vous l'amitié fraternelle
Dont pourrait vous aimer la sœur la plus fidèle
        Jusqu'à son dernier jour ;
Mais, si vous ne voulez mettre mon cœur en peine,
Cessez de m'adresser une prière vaine ;
        Je n'ai pas d'autre amour !

« Vous pouvez me quitter sans que mon cœur se serre,
Et, si vous revenez, nul trouble involontaire
         Ne me fait tressaillir ;
Et je m'étonne hélas ! sans pouvoir les comprendre,
De tant de pleurs amers que je vous vois répandre
         Sans pitié, sans plaisir ! »

Le cœur saignant, plongé dans sa douleur muette,
Le chevalier l'écoute en détournant la tête...
         Une dernière fois,
L'attirant sur son cœur, il la tient embrassée :
« Adieu, dit-il enfin d'une voix oppressée,
         Je vais prendre la croix ! »

De ce signe sacré décorant sa poitrine,
Il s'élance, enflammé de cette ardeur divine
         Qui conduisait les preux ;
Espérant apaiser sa tristesse et ses larmes,
Il vole à son coursier, en s'écriant : « Aux armes !
         Chevaliers généreux !

Hommes de l'Helvétie, allons! en Terre Sainte,
Venez, nous combattrons sans reproche et sans crainte,
Pour la cause de Dieu! »
Une vaillante armée à son ordre s'assemble,
Et tous, prenant la croix, ils s'éloignent ensemble,
Marchant vers le saint lieu!

Là, dans plus d'un combat décidant la victoire,
Leur courage bientôt les a couverts de gloire,
Et, partout le premier,
Dans la mêlée ardente où l'épée a des ailes,
Toggenbourg a rendu l'effroi des Infidèles
Son nom de chevalier!

. . . .

Mais son cœur est en proie à la même souffrance,
Et de ce mal profond, ni le temps, ni l'absence,
Rien n'a pu le guérir!
. . . .
Après avoir langui pendant toute une année,
Las de traîner ainsi sa triste destinée,
Il songe à repartir!

Cherchant, sans le trouver, ce repos qu'il désire,
Il marche vers la mer où flottait un navire
  Prêt à quitter le port ;
El le voilà voguant vers la terre chérie
Où celle que son cœur aime plus que la vie,
  Doit respirer encor !

Il débarque, il arrive au château qu'elle habite :
» Je suis son chevalier, dit-il, ouvrez-moi vite,
  Car je l'aime toujours ! »
Hélas ! on le reçut avec cette parole :
« Celle que vous cherchez, au Seigneur qui console,
  A consacré ses jours ;

Du ciel depuis hier elle est la fiancée,
Et de ce monde vain la frivole pensée
  Est morte dans son cœur ! »
Alors, à son amour, suprême sacrifice,
Du pieux pèlerin il revêt le cilice,
  Conforme à sa douleur ;

Sans donner un regard à son coursier fidèle,
Il quitte pour toujours la maison paternelle,
  Le manoir féodal;
S'éloigne sans regrets de la tour de ses pères,
Laissant armes, vassaux, serviteurs en prières,
  N'emportant que son mal !

Vers l'endroit où du sein de la forêt obscure
Se dresse du couvent la sombre architecture,
  Travaillant chaque jour,
Il bâtit de ses mains une pauvre chaumière,
Où Dieu lui permettra d'achever sa misère
  Près de son seul amour !

Et là, dès le matin, à la naissante aurore,
Epiant un regard de celle qu'il adore,
  Suprême et doux espoir,
Jusqu'au dernier rayon de la lueur dernière,
Immobile, attentif et toujours solitaire,
  Il attendait le soir !

Il s'absorbait ainsi, triste, rêveur, austère,
Et toujours regardant l'antique monastère,
        Sans détourner les yeux,
Jusqu'à ce que parfois, entr'ouvrant sa fenêtre,
Il vit la bien-aimée un instant apparaître
        Comme un ange des cieux!

Alors il reposait plus joyeux, plus tranquille,
S'endormait consolé dans son modeste asile,
        Songeant au lendemain!
Et de même, pendant de bien longues journées,
Et de même, pendant de nombreuses années,
        Sentiment surhumain!

Il attendit toujours, sans plainte et sans colère,
Et toujours regardant l'antique monastère,
        Sans détourner les yeux,
Jusqu'à ce que parfois, entr'ouvrant sa fenêtre,
Il vit la bien-aimée un instant apparaître
        Comme un ange des cieux!

Espérait-il qu'un jour son âme désolée,
Par la pitié, sinon par l'amour consolée,
    L'obtiendrait tôt ou tard?...
C'est ainsi qu'un matin on le trouva sans vie :
Toujours il regardait la fenêtre chérie
    De son morne regard!

TOUT CHEMIN MÈNE A ROME

PROVERBE EN UN ACTE

PERSONNAGES :

LE COMTE,
LA MARQUISE.

La scène est à Paris

TOUT CHEMIN MÈNE A ROME

„ Vergiss mein nicht wenn dir die Freude leucht...
„ Vergiss mein nicht wenn dich der Kummer beugt! „

Un petit salon.

LE COMTE, LA MARQUISE

(La Marquise travaille près d'une table à ouvrage.)

LE COMTE, *entrant.*

Je ne vous dérange pas, marquise?

LA MARQUISE.

Comment donc? Vous me faites le plus grand plaisir, au contraire. *(Elle lui tend la main.)* Ce qui m'étonne, c'est que vous trouviez le temps de venir chez moi...

7

LE COMTE.

On trouve toujours le temps de faire ce qui plaît .D'ailleurs, c'est le seul moyen de vous voir, vous n'allez plus nulle part.

LA MARQUISE.

Le fait est que je sors très-peu. Mais c'est vous qui êtes de tout et partout.

LE COMTE.

Cela tient à mon caractère. Je n'ai jamais rien su prendre à demi ; et, pour le monde, je trouve qu'il faut y aller beaucoup ou pas du tout.

LA MARQUISE.

Je suis de votre avis, et c'est pour cela que je n'y vais plus...

LE COMTE.

Après en avoir abusé... Je m'en étonne. Je croyais que vous mourriez dans l'impénitence finale. Vous savez que je ne vous ai pas encore pardonné votre fureur de danse. Le temps n'est pas bien loin où vous vous seriez crue déshonorée si vous n'aviez enterré le cotillon, vu s'éteindre la dernière bougie et s'endormir le dernier domestique ! Enfin, s'il fallait tout comprendre...

LA MARQUISE.

Que voulez-vous, je ne m'amuse plus dans le monde !

LE COMTE.

On s'amuse toujours quand on a du succès.

LA MARQUISE.

Croyez-vous?

LE COMTE.

Rien n'est plus vrai ; c'est même pour cela que l'amour est la plus charmante chose de la terre. Être aimé, marquise, n'est-ce pas, en effet, le premier de tous les succès, le plus séduisant de tous les triomphes?...

LA MARQUISE.

C'est possible ; mais votre beau raisonnement ne m'a pas empêchée de me lasser du monde.

LE COMTE.

On est toujours puni par où on a péché.

LA MARQUISE.

Pouvez-vous bien me reprocher d'avoir trouvé de mon goût ce qui est si fort du vôtre aujourd'hui?

LE COMTE.

Au moins, moi, j'ai une raison.

LA MARQUISE.

Vous voulez vous marier?

LE COMTE.

Le ciel m'en préserve!

LA MARQUISE.

Alors, je ne vois pas trop...

LE COMTE.

Soyez franche, marquise... Une femme comme vous, jeune, veuve, charmante, sait fort bien pourquoi un homme comme moi va dans le monde...

LA MARQUISE.

Vous m'avez dit souvent que vous n'aimiez pas la danse?

LE COMTE.

Aussi n'est-ce point pour la polka que je vais au bal.

LA MARQUISE.

Je ne suis pas disposée à deviner des rébus. Si cela vous plaît, dites-moi pourquoi vous retournez dans le monde?

LE COMTE.

Mais, c'est tout simple, et vous le savez bien : c'est pour y rencontrer des femmes aimables et leur faire la cour...

LA MARQUISE.

C'est fort immoral ce que vous dites là.

LE COMTE.

Pas le moins du monde. Au fond, tout le monde est d'accord là-dessus ; seulement on ne veut pas en avoir l'air. Moi, je suis franc, et je dis tout haut ce que chacun pense tout bas.

LA MARQUISE.

Chacun pense fort mal, voilà tout.

LE COMTE.

Êtes-vous pour l'indépendance de l'Italie, marquise?

LA MARQUISE.

De tout mon cœur! C'est un beau pays ; c'est le pays du soleil et des arts, c'est la patrie de Raphaël et du Tasse, de Dante et de Bellini. Toutes les femmes doivent aimer l'Italie, comme leur sœur Mignon, qui est morte de l'avoir quittée !

LE COMTE.

Très-bien ! Vous faites bon marché, par conséquent, des droits de l'Autriche ?

LA MARQUISE.

Il ne faudrait pas qu'on nous entendît, mais je vous les abandonne. Me direz-vous où vous voulez en venir ?

LE COMTE.

Vous allez voir, suivez bien mon idée : si une femme me plaît, si j'ai le bonheur de ne pas lui déplaire, dois-je m'inquiéter d'un contrat intervenu autrefois entre sa famille peu soucieuse souvent de ses goûts et de ses inclinations et un personnage qui prétendrait l'accaparer à son profit? Allons donc ! C'est comme pour l'Italie ! L'Autriche, c'est le mari ! Les femmes sont comme les nationalités, marquise, elles sont imprescriptibles !

LA MARQUISE.

Votre comparaison n'a pas le sens commun. Je vais être obligée de vous imposer silence.

LE COMTE.

Heureusement que je ne vous fais pas la cour!

LA MARQUISE.

Et que tout le monde n'est pas de mon avis, n'est-ce pas?

LE COMTE.

Je ne sais ce que vous voulez dire...

LA MARQUISE.

Voyons, ne faites pas le modeste...

LE COMTE.

Je vous assure qu'il n'y a pas de modestie.

LA MARQUISE.

On ne parle que de votre succès...

LE COMTE.

C'est celui de l'Enfant prodigue, voilà tout.

LA MARQUISE.

C'est toujours cet enfant là qu'on aime le mieux.

LE COMTE.

Je suis tout disposé à en profiter.

LA MARQUISE, *avec intention*.

Comment trouvez-vous Madame de Lucenay?

LE COMTE.

Jolie ; mais il lui manque quelque chose.

LA MARQUISE, *de même*.

Quoi donc?

LE COMTE.

Ce je ne sais quoi qui fait qu'une femme rêve, et qu'on rêve d'elle.

LA MARQUISE.

Cela ne vous empêche pas de vous en occuper beau-coup...

LE COMTE.

Pas plus que d'une autre. D'ailleurs je viens de vous dire que je la trouve jolie. C'est toujours agréable de regarder de près une jolie femme.

LA MARQUISE, *avec intention.*

Et madame de Blagny?...

LE COMTE, *vivement.*

Oh! d'autres que moi peuvent lui faire la cour ; elle est trop exaltée. Dans un moment de remords, elle serait femme à tout raconter à son mari. Vous comprenez la position?...

LA MARQUISE.

Voilà bien les hommes! Ils font, tous, leurs petits calculs d'avance ; tenez, vous n'êtes que de monstrueux égoïstes, et je plains les femmes qui vous prennent au sérieux. Savez-vous le plus grand malheur qui pourrait arriver à l'un d'entre vous lorsqu'il fait la cour à une femme, ce serait de la voir peu à peu s'éprendre pour lui d'une passion sincère, et un jour se jeter dans ses bras en lui disant : « Oui, je vous aime, et je veux être à vous, rien qu'à vous. Le monde et la comédie qu'il y faut jouer me font horreur.... à vous aussi, n'est-ce pas? Mais il doit y avoir quelque part une patrie pour ceux qui s'aiment : ce sera la nôtre, et, puisque vous m'aimez, je ne regretterai rien, et je veux être toute votre vie, comme vous serez tout mon bonheur! »—Voyez-vous, comte, la figure de l'homme aimé?...

LE COMTE.

Ce serait jouer de malheur. Heureusement il y a peu de danger ; les femmes en général savent aussi bien que nous ce qu'elles font, et sont aussi intéressées à garder leur position que nous serions désolés de la leur faire perdre. Peut-être même, celle qui parlerait de la sorte se ferait-elle illusion à elle-même, et chercherait-elle ainsi, pour calmer sa conscience, à donner à sa faute l'apparence d'un sacrifice. Dans ce cas, elle devrait de la reconnaissance à l'homme assez prudent et assez adroit pour l'arrêter...

LA MARQUISE.

Vous êtes bien bon !

LE COMTE.

C'est, du reste, l'histoire arrivée à un de mes amis, et que nous avons appelée l'*Histoire de la chaise de poste*. C'était aux eaux, dans une petite ville de Suisse, qui ne se trouve pas sur une ligne de chemin de fer. — L'ami dont je vous parle s'occupait depuis assez longtemps d'une jeune femme fort jolie et très-timorée, et se désespérait de la lenteur de ses progrès. Enfin, un soir, il arrive chez elle, résolu à livrer une bataille décisive ;... il entre, s'aperçoit à l'instant d'un trouble inaccoutumé, et, avant même qu'il ait eu le temps de lui en demander la cause, la dame se jette à son cou, et, lui répétant à peu de chose près ce que vous disiez si bien tout à l'heure, finit par le prier de faire préparer au plus vite une chaise de posté. — « Elle nous attend, lui répond mon ami sans se déconcerter, nous partirons quand vous voudrez. » Cette réponse est jugée suffisante, la conscience se rassure, et... et le départ est oublié. La jeune femme n'en parla plus, et ainsi finit l'histoire de cette chimérique voiture et de ce *voyage où il vous plaira...*

LA MARQUISE.

Je n'en crois pas un mot de votre histoire.

LE COMTE.

Rien n'est plus vrai, cependant : mais vous ne croyez à rien.

LA MARQUISE.

Avouez que depuis un quart d'heure vous faites tout ce que vous pouvez pour me faire douter de tout.

LE COMTE.

Pas le moins du monde. Vous savez bien qu'au fond il y a des choses auxquelles je crois, et plus que vous, marquise.

LA MARQUISE.

Je voudrais bien savoir lesquelles ?

LE COMTE.

L'amour d'abord, et ensuite l'amour, et puis encore l'amour !

LA MARQUISE.

Jolie façon d'y croire que d'en parler comme vous le faites !

LE COMTE.

A une personne qui se moquerait de moi si je lui en parlais autrement.

LA MARQUISE.

Je n'ai aucune envie de me moquer, et de vous moins que de tout autre. Vous savez bien que nous nous sommes connus presque enfants, et que vous êtes mon meilleur ami...

LE COMTE.

Je vous en remercie, et je m'en contente. Moi aussi, j'ai pour vous beaucoup d'amitié. Mais, pour en revenir à ce que je vous disais tout à l'heure, je crois plus que vous à l'amour; car, pour y croire, il faut avoir aimé, et j'ai fait mes preuves, marquise...

LA MARQUISE.

Allez-vous me parler de vos sottises, je vous en dispense.

LE COMTE.

Sottises, tant que vous voudrez, mais enfin c'était de

l'amour, tandis que vous, Madame, vous n'avez jamais aimé...

LA MARQUISE.

C'est joli ce que vous me dites là... J'ai beaucoup aimé mon mari...

LE COMTE.

Oui, parce qu'il était votre mari ; mais cela n'a aucun rapport...

LA MARQUISE.

A vos folies, je l'espère bien. — Ainsi, vous niez l'amour dans le mariage ?

LE COMTE.

Pas tout à fait, mais peu s'en faut ; c'est même pour cela que je compte rester garçon. De quoi s'occupe-t-on en effet pour se marier ? De la fortune, de la position sociale, de la famille dans laquelle on entre, de tout enfin, excepté de la personne avec laquelle on doit passer sa vie. C'est un contrat, c'est une institution sociale dont l'amour est le dernier élément, celui dont on se préoccupe le moins. Est-ce jamais un mariage d'inclination qu'on appellera un beau mariage ? Et puis, comme c'est agréable de se dire : Ma femme m'aime parce qu'elle ne doit pas faire autrement, parce que je lui ai donné mon nom, ma fortune, ma position, parce qu'une femme a besoin dans la vie d'un éditeur

responsable, et que le meilleur, après tout, c'est un mari !
L'amour, par ordre ! La fidélité, par ordre ! Le bonheur, par
ordre ! Cela m'humilierait d'être heureux de cette façon.
Que voulez-vous, c'est une marotte, mais c'est la mienne,
être aimé pour moi-même. — C'est pour cette raison que
je vais dans le monde : là, tout s'oppose à l'amour, mais,
quand il est le plus fort, quel rêve charmant, quelle ivresse
sans pareille, quel bonheur sans arrière pensée !

LA MARQUISE.

Je vous dispense de continuer. Allez-vous-en chez
Madame de Versac.

LE COMTE.

Décidément, vous voulez me marier ; vous savez bien
qu'il n'y a jamais que des jeunes filles.

LA MARQUISE.

Allons ! C'est un parti pris. Mais... Attendez donc....
Je suis veuve, moi.

LE COMTE.

Je vous ai déjà dit que je ne vous fais pas la cour.

LA MARQUISE.

Savez-vous que ce ne serait pas gai de vous aimer ?

Votre cœur a bien changé, comte. Il était si poétique autrefois... (*Avec une légère émotion.*) Vous souvenez-vous, quand nous étions presque enfants, et que vous veniez me voir à la campagne, à Fontenay ; je vous menais admirer les fleurs de mon jardin, et je cueillais les plus belles roses dont je faisais un bouquet pour votre mère. Un jour, que j'avais dévasté le parterre, et que je vous montrais fièrement mon bouquet, en vous demandant comment vous le trouviez. « Il est superbe, me dites-vous alors, et je vous en remercie au nom de ma mère ; mais, s'il eût été pour moi, je vous aurais priée d'épargner ces belles roses qui seraient bien mieux sur leur tige, et de les remplacer par quelques-unes de ces petites fleurs bleues qui sont là, près de nous, sur le bord de la rivière. » C'étaient des myosotis, et, je puis vous l'avouer aujourd'hui, car dix ans se sont passés depuis ce jour, et vous venez de me faire tout à l'heure votre profession de foi,... si je ne vous répondis rien sur le moment, j'attendis de vous avoir vu partir, et j'allai cueillir une de ces pauvres fleurs du souvenir, pour en marquer la page préférée d'un de mes livres. Elle doit y être encore, mais bien sèche et bien flétrie, si toutefois elle n'est pas tombée en poussière comme votre cœur, mon pauvre ami !

LE COMTE.

Je ne suis plus un enfant, marquise.

LA MARQUISE.

Tant pis pour vous, et vous êtes à plaindre. C'est une bien triste et bien fausse opinion que vous avez des femmes.

Comment ! vous ne croyez pas qu'un homme puisse rencontrer une femme qui lui inspire un sentiment assez vif et une confiance assez grande pour qu'il mette tout son bonheur et toute sa vie entre les mains de cette femme, et vous avez pu arriver jusqu'à aujourd'hui sans l'avoir vue passer sur votre chemin !

J'avais cru la rencontrer une fois, marquise, cette femme dont vous parlez ; mais la destinée n'a pas voulu qu'elle fût à moi. Depuis, j'ai avancé dans la vie, et les années qui emportaient mes illusions n'ont fait que diminuer ma confiance, si bien que je suis résolu aujourd'hui à ne plus me marier. Je regrette de ne pas l'être, car, si petite qu'elle soit, c'est la seule chance de bonheur durable et complet qui soit donnée à l'homme sur la terre ; mais c'est fini pour moi aujourd'hui ! S'il est un préjugé absurde, marquise, c'est bien cette idée, généralement reçue, qu'un homme ne doit pas se marier trop jeune, qu'il doit avoir pris de l'expérience et de la raison ! L'expérience et la raison, bel encouragement, ma foi ! Ce qu'il faut pour se marier, c'est aimer, c'est pouvoir aimer, c'est croire ! Et ce n'est que dans la première jeunesse qu'on voit encore planer sur le mariage le fantôme charmant de l'Amour. Plus tard, on ne voit plus que la triste figure de l'Intérêt, qui a pris les traits désagréables d'un notaire ; l'Amour a disparu et n'a laissé tomber de ses ailes qu'une plume méconnaissable, celle qui va servir à signer le contrat !

LA MARQUISE.

Ainsi, vous n'admettez plus qu'on choisisse une femme pour en faire la compagne de sa vie, et qu'on puisse se croire aimé d'elle?

LE COMTE.

Que voulez-vous, je ne prétends pas avoir raison, seulement je n'ai plus la foi!

LA MARQUISE.

Je vous le répète, je vous plains de tout mon cœur.

LE COMTE.

Pourquoi donc?

LA MARQUISE.

Ne m'avez-vous pas dit que vous croyez encore à l'amour?

LE COMTE.

Que deviendrais-je, si je n'avais cette conviction suprême?... L'espérance d'aimer et d'être aimé, tout est là, marquise, et le cœur est encore bien riche tant qu'il ne l'a pas perdue!

LA MARQUISE.

Eh! bien, si vous êtes sincère, vous ne devez pas être heureux, car il n'y a rien de bien gai dans vos idées.

8

LE COMTE.

Mes idées sont comme le monde, comme la vie. Chaque chose vient à son tour : il y a des jours bien gris et bien froids, en hiver, cela n'empêche pas qu'il y ait de belles nuits, en été, pleines de rayons et de parfums, de chaleur et d'étoiles !

LA MARQUISE.

Après tout, ce que vous cherchez, n'est-ce pas, c'est ce que tout le monde désire, c'est le bonheur ?

LE COMTE.

Je ne m'en cache pas.

LA MARQUISE.

Et, c'est pour le trouver, que vous vous dites résolûment, presque avec entrain : « Laissons le mariage à d'autres plus jeunes et plus confiants ! »... Non seulement vous ne croyez pas, pour vous, au bonheur qu'il peut donner ; mais, comme pour vous venger d'une foi que vous avez perdue, sur ceux qui l'ont gardée, vous allez entreprendre de leur prouver, ou plutôt, de vous prouver à vous-même que ce sont eux qui ont tort et vous qui avez raison. Mais, mon pauvre ami, dans cette déplorable argumentation, chaque preuve nouvelle que vous obtiendrez, sera une petite infamie, et vous auriez beau en réunir une collection à faire pâlir les listes de Lovelace et de don Juan, je vous dirais encore que cela ne prouve rien ! Quant au bonheur, je n'aperçois même pas son ombre sur toutes ces ruines. On ne le rencontre pas sur ce triste chemin, où le plaisir lui-même, ce faux semblant du bonheur, cesse bien vite de vous accompagner!

LE COMTE.

Le bonheur complet n'existe pas : il y a de bons et de mauvais moments, et les meilleurs sont ceux où l'on aime. Vous êtes injuste, marquise ; je vous ai bien accordé tout à l'heure que je regrettais de n'être pas marié. Pourquoi ne voulez-vous pas admettre que l'on puisse aimer en dehors du mariage. Il y en a de nombreux exemples.

LA MARQUISE.

C'est alors qu'il faut dire adieu au bonheur. De bonne foi, comte, quel supplice de chaque jour n'endure pas celui qui aime une femme qui ne peut être la sienne, si aimé qu'il soit de cette femme! Je suis sûre que vous n'y avez même pas réfléchi.

LE COMTE.

Je vous demande pardon, marquise, mais je trouve encore ce supplice préférable à celui d'aimer sa femme sans en être aimé, ou même simplement à l'ennui d'être marié à une femme que l'on n'aime pas. D'ailleurs, le tourment de ceux qui s'aiment, sans être entièrement l'un à l'autre, peut avoir un terme ; la femme peut devenir libre, et alors, plus d'obstacle au bonheur complet...

LA MARQUISE.

Le mariage, vous y venez...

LE COMTE.

Oui, le mariage, mais le mariage avec l'amour, avec la foi! Plus de doutes, plus d'arrière-pensée, on est sûr l'un de l'autre, et le passé est là pour vous répondre de l'avenir! Cet amour si sincère, si profond, qui a dévoré toutes ses larmes, que nulle entrave n'a lassé, qu'aucune tristesse n'a découragé, il a enfin sa récompense ; et, plus sa nuit a été longue et noire, plus son jour se lève splendide et radieux!

LA MARQUISE.

Votre conclusion est admirable, et voilà le mariage réduit à d'heureuses proportions. Vous remplacez la quantité par la qualité, et votre idéal, c'est la mort du mari que l'on a trompé! Délicieuse perspective!

LE COMTE.

Mais, vous-même, marquise, qui raisonnez si bien et si froidement, n'avez-vous jamais senti votre cœur se troubler à la pensée d'un amour mystérieux ; n'avez-vous donc plus cette âme poétique et tendre de la jeune fille que j'ai connue autrefois, et qui, vous venez de me l'avouer, cachait des myosotis entre les pages de ses livres? N'avez-vous jamais fait de rêves, et, surtout, n'avez-vous jamais été tentée de les réaliser? Vous avez été mariée trop tôt, pour avoir bien su ce que c'est que d'aimer ; mais, aujourd'hui que, toujours jeune et belle, vous vivez seule et retirée, ne vous demandez-vous jamais si une telle vie n'est pas pire que la mort ; ne vous dites-vous jamais : « Qu'est-ce donc que cet amour, dont tout ce qui m'environne vient sans cesse m'entretenir, dont je sens flotter l'ombre dans les tièdes soirées d'été et dont le vent qui passe m'apporte les murmures et les parfums, cet amour que je retrouve partout, dans le drame qui m'émeut, dans la mélodie qui me charme, dans le livre que j'aime, dans les vers que je retiens, dans mon cœur, enfin ; car, c'est là que brûle son éternel foyer dont la nature entière alimente et protège la flamme, comme autrefois ces vierges fidèles qui entretenaient le feu sacré dans les temples ! Ah ! je n'y tiens plus, marquise, et il faut que je vous parle avec mon cœur ; vous m'avez accusé d'égoïsme, et vous avez trouvé de la sécheresse dans mes paroles ; croyez que rien n'est pénible parfois comme cette légèreté factice, ce persifflage menteur de l'homme du monde. Si je la rencontrais sur mon chemin, cette femme sympathique et tendre, dont l'amour serait mon rêve, et dont le bonheur serait ma vie ; si elle venait à moi, si elle m'aimait assez pour me proposer le sacrifice dont vous me parliez en commençant, je l'accueillerais avec ivresse, je la bénirais à deux genoux, et, en échange, ce serait mon existence toute entière que je voudrais lui consacrer, et il y aurait tant d'amour dans mon cœur, tant de chaleur dans mon amour, qu'elle ne regretterait pas plus le monde que je ne regretterais, moi, ma liberté !... Voilà, marquise, ce que j'avais à vous dire, et j'espère, qu'à l'avenir, vous ne jugerez plus les gens sur l'apparence.

LA MARQUISE.

Vous mériteriez qu'on vous prît au mot.

LE COMTE.

Je suis sans inquiétude, ou plutôt, sans espoir ; car cette femme dont je vous parle, et que j'avais cru trouver autrefois, je l'ai rencontrée depuis, et elle ne m'a pas reconnu ! (*Levant les yeux sur la marquise.*) A défaut de l'amour, je me console parfois avec l'amitié... Vous m'avez permis de me dire votre ami, marquise, et je n'oublierai pas le bon accueil que vous m'avez fait à mon retour. Je ne suis pas ingrat, je vous assure, et je crois si bien à votre affection, que j'ai voulu vous le témoigner par quelques vers.

LA MARQUISE.

Vous avez eu là une bonne pensée, et rien ne pouvait m'être plus agréable. Voyons, dites-les moi vite...

LE COMTE.

Ne vous moquez pas de moi, je vous en prie. Les choses sont si tristes dans la vie qu'il faut bien se consoler un peu avec les mots.... Ces petites fleurs allemandes, dont vous me parliez tout à l'heure, je les aimerai toujours, ne fût-ce que pour le joli nom qu'elles portent... Je m'en suis souvenu comme vous.. Le génie poétique des bords du Rhin, où elles fleurissent, a accompagné leur nom de deux vers qui m'ont donné l'idée de ceux que je vous adresse :

« Ne m'oublie pas, si la joie te sourit, »

dit le premier, et le second, qui lui sert de réponse, ajoute mieux encore :

« Ne m'oublie pas, si le chagrin t'accable !

J'ai pensé, moi, au temps où vous entriez dans le monde, et où je vous demandai, en quittant Paris, d'accorder parfois un souvenir à l'ami de votre enfance. Vous ne songiez alors qu'à la joie, aux fêtes dont vous alliez être la reine. — Je suis revenu, et je vous ai retrouvée vivant volontairement à l'écart de ce monde où je revenais chercher le plaisir. Vous saviez, sans doute, que le désenchantement du lendemain succède, bien souvent, aux ivresses de la veille, et vous m'avez dit de venir à vous, comme à une amie, dans ces lendemains là. Voici mes vers, marquise, ils vous prouveront du moins que j'ai pensé à vous...

LA MARQUISE.

Je vous écoute, mon ami.

LE COMTE.

Puisqu'en vous retrouvant, je retrouve une amie,
Que vous m'avez tendu franchement votre main,
Je crois en vous, Madame, et vous en remercie :
Peut-être entendrez-vous mon appel dès demain !

Mon cœur vous avait dit : « Vous suivez l'Espérance,
« Souvenez-vous de moi dans vos jours de bonheur ! »

Vous m'avez répondu : « J'ai compris la Souffrance,
« Souvenez-vous de moi dans vos jours de douleur !

Je garde chèrement cette bonne parole
Dans le fond de mon âme et ne l'oublirai pas ?
Hélas ! un mot du cœur, c'est tout ce qui console
De ce triste savoir qu'on trouve à chaque pas !

Je veux vous demander seulement un sourire
Pour ce beau temps passé qui ne reviendra plus,
Où j'osai vous aimer sans oser vous le dire...
Ne vous offensez pas de regrets superflus !

Nous resterons *amis*, puisqu'il le faut, Madame,
Amis des jours de joie, amis des mauvais jours...
La cendre a sa chaleur plus douce que la flamme,
Et c'est le sûr moyen de nous aimer toujours !

LA MARQUISE, *lui tendant la main.*

Ah ! merci, comte. Vous me les donnerez, et je les lirai
souvent, bien souvent, je vous le promets.

LE COMTE.

Vous voyez bien, Madame, que je crois à quelque chose,
à l'amitié du moins...

LA MARQUISE, *troublée.*

Vous pouvez croire aussi à l'amour...

LE COMTE.

Marquise, que dites-vous?

LA MARQUISE, *avec émotion.*

Je dis que c'est vous qui les aviez reniés les beaux jours, quand vous m'avez parlé comme vous l'avez fait, en arrivant ; c'est vous qui ne m'aviez pas reconnue, quand je ne demandais qu'à me souvenir...Vous le voyez, mon ami, je n'ai plus la force de vous cacher ce que j'éprouve. N'avez-vous donc rien vu de mon émotion, quand, tout à l'heure, je vous ai rappelé nos jeunes années, et ne vous êtes-vous pas aperçu de ma joie quand j'ai retrouvé votre cœur d'autrefois dans la chaleur. de vos dernières paroles, et plus encore dans ces vers qu'il vous a dictés, et dont je me souviendrai toujours!

LE COMTE.

Est-ce bien vrai, marquise, est-ce bien vous qui me parlez? Vous, que je croyais perdue pour moi, je vous retrouve, je vous aime, et vous m'aimez véritablement aussi, malgré tout ce que je vous ai dit?...

LA MARQUISE.

Voudriez-vous que ce fût pour cela?...

LE COMTE.

Epargnez-moi, je vous en prie, et laissez-moi vous

demander, à genoux, de me pardonner. Mon nom, ma vie vous appartiennent, et, c'est le jour où vous serez ma femme, que vous m'accorderez ce pardon que je n'ai pas encore mérité.

LA MARQUISE.

Comment ! votre femme ! Mais, je ne l'entends pas ainsi ; vous ne croiriez pas que je vous aime, et je tiens à être compromise pour vous le prouver. Nous allons partir pour l'Italie, pour Rome, comme deux amoureux. Vous allez m'enlever....

LE COMTE.

Nous irons où vous voudrez, en Italie, je ne demande pas mieux ; mais nous retournerons d'abord à Fontenay : nous retrouverons les belles roses qui fleurissent toujours en nous attendant ; nous retournerons au bord de la rivière où les myosotis reconnaîtront en nous ceux qui se sont aimés tout enfants devant eux, sans oser se le dire ; et alors, le cœur débordant d'amour, l'âme toute parfumée de souvenirs, nous irons nous agenouiller dans la chapelle du château, où le bon vieux prêtre qui nous a élevés nous unira pour la vie, et la plus belle fleur de votre bouquet de mariée sera celle que nous retrouverons ensemble à la page où vous l'aviez laissée !

LA MARQUISE.

C'est bien sûr, comte, vous avez la foi ?... Allons, puisque vous y tenez, j'y consens, nous irons d'abord à Fontenay... D'ailleurs, *Tout chemin mène à Rome...*

LE COMTE.

Et tout amour vrai au mariage.

(Elle lui tend la main.)

La toile tombe.

TABLE DES MATIÈRES

S·IOANNES
IN PRIN CIPIO ERAT VER BVM

www.ingramcontent.com/pod-product-compliance
Ingram Content Group UK Ltd.
Pitfield, Milton Keynes, MK11 3LW, UK
UKHW020843120726
13693UKWH00002B/800

9 782019 142537